D0839994

Nous remercions le ministère du Patrimoine canadien,
la SODEC et le Conseil des Arts du Canada
de l'aide accordée à notre programme de publication

ainsi que le gouvernement du Québec
– Programme de crédit d'impôt
pour l'édition de livres
– Gestion SODEC.

Nous reconnaissons l'aide financière
du gouvernement du Canada
par l'entremise du Programme d'aide au développement
de l'industrie de l'édition (PADIÉ) pour ce projet.

Illustration de la couverture:
Jean-Marc St-Denis

Maquette de la couverture:
Grafikar

Montage de la couverture:
Ariane Baril

Édition électronique:
Infographie DN

Membre de l'Association nationale des éditeurs de livres   ASSOCIATION NATIONALE DES ÉDITEURS DE LIVRES

Dépôt légal: 1er trimestre 2009
Bibliothèque nationale du Canada
Bibliothèque nationale du Québec

1234567890 IML 09

ALEXIS ET LE BOBUZARD

**Catalogage avant publication
de Bibliothèque et Archives nationales du Québec
et Bibliothèque et Archives Canada**

Trudel, Judith

      Alexis et le Bobuzard

      (Sésame ; 112. Roman)
      Pour enfants de 6 à 9 ans.

      ISBN 978-2-89633-107-9

      I. St-Denis, Jean-Marc   II. Titre   III. Collection: Collection
      Sésame ; 112.

PS8639.R828A63 2009   JC843'.6   C2008-942159-0
PS9639.R828A63 2009

JUDITH TRUDEL

et le Bobuzard

roman

**ÉDITIONS
PIERRE TISSEYRE**
www.tisseyre.ca

9300, boul. Henri-Bourassa Ouest, bureau 220
Saint-Laurent (Québec) H4S 1L5
Téléphone : 514-335-0777 – Télécopieur : 514-335-6723
Courriel : info@edtisseyre.ca

*À mon filleul, Alexis.
Pour que ta vie soit toujours
remplie de mots et de rires,
de jeux et de plaisirs.
Puisses-tu trouver partout
le bonheur de vivre et de lire…*

1

—**M**aman!? Papa!?

C'est encore arrivé. Sa belle voiture rouge a encore disparu. Alexis s'est pourtant amusé avec elle hier soir, juste avant d'aller au lit. Il l'a fait filer à toute allure sur un parcours de course improvisé avec des blocs de bois et des livres empilés. Vrooooooom! Vrooooooom! Et voilà que, ce matin, son beau bolide s'est volatilisé! Où est-il pas passé?

— Maaaaaa-maaaan! Paaaaa-paaaaa!

Maman Éveline entre dans la chambre à toute vitesse, les bras chargés d'un gros panier rempli de vêtements propres. Papa Jean-François arrive presque au même moment en ajustant sa robe de chambre. Alors qu'il franchit le pas de la porte, il trébuche sur les livres d'Alexis, perd l'équilibre et pose son pied nu sur les blocs de bois aux coins pointus. Il étouffe un cri de douleur et sautille sur place en massant son pied endolori. La maman sourit avec compassion à son mari puis se tourne vers son fils.

— Qu'y a-t-il, Alexis? Est-ce que tu te sens mal?

— Non! s'impatiente Alexis sans se soucier du pied de son papa. J'ai

perdu ma voiture rouge. Tu sais, ma préférée. Celle qui va vraiment, vraiment vite!

Éveline observe la chambre de son fils. Des jouets traînent partout sur le plancher. Des vêtements s'empilent dans tous les coins. Saké, le gros chien roux de la famille, dort paisiblement sur un tas d'animaux en peluche. À chaque respiration, son museau noir aspire vers lui des flocons de poussière qu'il repousse ensuite au loin dans un mouvement de va-et-vient.

— Il est bien normal que tu ne puisses rien retrouver dans ta chambre, Alexis! le réprimande Jean-François. C'est tellement en désordre ici qu'il est difficile de savoir de quelle couleur est le plancher.

— C'est vrai, mon chéri. Ton père aurait pu se blesser sérieusement avec tout ce bric-à-brac sur le sol! Il est grand temps que tu fasses le ménage, ajoute Éveline.

AH NON! Pas ce mot-là, pense Alexis, découragé. Ranger, épousseter, balayer, laver… Beurk! S'il y a une chose qu'il déteste faire, c'est bien le ménage. Lorsqu'il était petit, ses parents le faisaient pour lui. Mais, maintenant, il est grand…

Grandir, c'est bien: on peut se coucher plus tard, on peut choisir ses propres vêtements… Mais il y a aussi des inconvénients : « Tu n'es plus un bébé, Alexis. Tu es un grand garçon. Et les grands, après avoir joué, doivent ramasser ! » lui répètent ses parents. Cependant, Alexis a plus d'un tour dans son sac pour éviter les corvées…

— Oui, maman. Je vais le faire immédiatement, répond-il d'un ton angélique.

— C'est bien, mon grand, lui dit sa maman, attendrie. Surprends-nous avec une belle chambre propre lorsque nous reviendrons.

Éveline et Jean-François contemplent Alexis avec fierté. Le papa lui ébouriffe les cheveux avec bienveillance, la maman lui caresse tendrement la joue. Puis, les parents sortent de la chambre en refermant la porte derrière eux.

2

Alexis fait disparaître le sourire sage qu'il a accroché à ses lèvres. Il le remplace par une grimace espiègle, celle qu'il affiche pour faire ses « mauvais coups ». Il regarde son fidèle compagnon à quatre pattes et étouffe un fou rire.

— Bon, allez viens, Saké ! On va faire un peu de « ménage » ici.

Le garçon se dirige d'abord vers les vêtements sales qui traînent. Il ouvre grand ses bras et en prend une pile entière. Bien chargé, il regarde autour de lui afin de trouver le meilleur endroit pour dissimuler son fardeau. Ses yeux s'illuminent en considérant le placard.

— Oui! C'est parfait! s'exclame-t-il.

Le gros paquet de vêtements qu'il serre contre sa poitrine lui bloque presque entièrement la vue. En zigzaguant parmi les nombreux objets qui jonchent le parquet et en trébuchant sur Saké, il se rend tant bien que mal à destination. Alexis esquisse quelques pirouettes acrobatiques pour atteindre la poignée du placard sans laisser tomber les vêtements qu'il trans-porte. Une fois la porte ouverte, il

projette sa charge au fond de la penderie. Pour que sa maman ne découvre pas sa façon bien à lui de ranger, il prend soin de cacher le tout sous une grande couverture. *Super,* se dit Alexis. *Occupons-nous du reste!*

Saké lève les yeux vers son maître en inclinant la tête, intrigué. Suivant Alexis pas à pas, il continue de mordiller la vieille peluche qu'il a commencé à mettre en miettes.

De son côté, Alexis exécute le même manège pour toutes les choses qui encombrent sa chambre. Les petits soldats sont expédiés dans l'un des tiroirs de la commode. Les blocs de bois et les livres sont poussés sous le pupitre d'étude. Le couvre-lit est rabattu sur les couvertures en bataille. Bref, le désordre est bien déguisé! Alexis n'a plus qu'à se débarrasser de quelques vieux casse-tête.

Il fouille du regard la pièce. Les tiroirs de ses meubles débordent de bricoles, le petit tapis ondule aux endroits où il a glissé des babioles de toutes sortes et la porte du placard ne peut plus fermer tant il y a de fourbi à l'intérieur. Vraiment, Alexis a épuisé toutes ses cachettes.

Saké, lui, se lasse de mordiller sa peluche et fouine maintenant

sous le lit à la recherche d'un autre jouet. Tout à coup, il s'énerve et se met à aboyer très fort. Alexis sursaute et voit son copain poilu, la tête sous le lit et le derrière dans les airs. Saké agite la queue frénétiquement. Assurément, il a flairé quelque chose.

— Qu'est-ce qu'il y a là-dessous, mon chien? Qu'as-tu trouvé, Saké?

Curieux, Alexis s'allonge à plat ventre aux côtés de Saké. Surprise! Parmi les boules de poils de chien et les flocons de poussière, le garçon aperçoit sa jolie voiture rouge. Elle est plus belle que jamais! Alexis pousse un cri de joie et tente de l'atteindre avec son bras en s'étirant au maximum.

Alors qu'il agrippe enfin l'automobile, Alexis voit scintiller deux petites lueurs blanches dans la pénombre. Curieux, il examine

attentivement l'espace sous le meuble. Plusieurs jouets parsèment le sol couvert de crasse : des figurines de super héros, des morceaux de casse-tête, des billes, de la poussière, du poil de chien, encore de la poussière, encore plus de poils de chien et, parmi tout ce fatras, deux minuscules yeux clignotants…

3

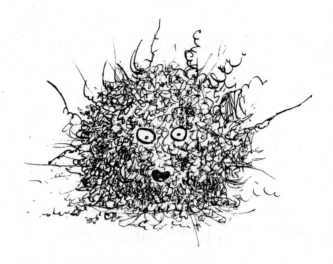

Alexis lâche un cri de surprise et se relève rapidement. Il n'arrive pas à le croire. Sous son lit se trouve un petit être tout poussiéreux qui le fixe de son regard perçant.

— Mais, qu'est-ce que c'est que ça!? s'exclame le garçon.

Comme pour répondre à sa question, la créature émerge tranquillement de sous le lit en faisant rouler son corps floconneux. Saké, étonné par cette apparition, se redresse trop rapidement, heurte sa tête contre la base du lit et prend la fuite. Il se réfugie derrière Alexis en tremblant et en émettant des plaintes aiguës.

Alexis, lui, fait preuve de plus de courage et observe attentivement le nouveau venu. Il est menu, pas plus gros qu'une balle et vaporeux comme un nuage. Par contre, il ne ressemble pas aux nuages blancs et cotonneux des beaux jours. Il s'apparente davantage à ceux plus sombres et filamenteux d'un ciel orageux. En regardant mieux, Alexis voit que la créature semble faite d'immondices, de cheveux, de poils de chien, de pollen, de miettes… Bref, son corps se compose de tous les débris qui peuvent s'accumuler sous un lit! Le garçon s'approche un peu plus encore de l'être gris et duveteux. Sous les yeux de la bête, Alexis voit un orifice minuscule qui s'ouvre et qui se referme continuellement, aspirant l'air empoussiéré en son centre. Probablement une bouche…

— Bon… bonjour? balbutie Alexis. Peux-tu parler?

L'autre l'observe sans dire un mot.

— Qui es-tu? insiste Alexis. Tu peux me le dire. Je ne te veux pas de mal.

La bouche du petit monstre s'entrouvre et un borborygme incompréhensible en sort.

— *Bobmphhhbumphzardmphh!*

— Pardon? Que veux-tu dire? demande Alexis. Désolé, je ne comprends pas ton langage.

L'intrus se gonfle légèrement et tousse un bon coup pour libérer sa gorge de tous les détritus qu'il a avalés sous le lit.

— C'est moi qui suis désolé, dit-il de sa voix cristalline, j'avais un poil de chien dans la gorge. Je n'ai pas parlé depuis si longtemps. Il est extrêmement rare que les humains m'adressent la parole. Laisse-moi me présenter : je suis un Bobuzard, un être de poussière.

Alexis, enchanté que cette bête étrange puisse parler, se présente à son tour sans plus attendre. Saké, toujours recroquevillé derrière son maître, pousse un court grognement réprobateur. Il n'aime pas ce curieux bonhomme.

— Depuis combien de temps habites-tu sous mon lit, monsieur Bobuzard ?

— J'y suis né le jour où tes parents t'ont confié la responsabilité de faire le ménage de ta chambre. Au début, j'étais tout petit. Je n'étais qu'une minuscule miette poussiéreuse, encore bien plus petite qu'un grain de riz.

— Mais je ne comprends pas, monsieur Bobuzard, réplique Alexis en le prenant au creux de sa main. Aujourd'hui, tu es beaucoup plus grand qu'un grain de riz! Tu as la grosseur d'une pomme.

— C'est qu'ici, je mange vraiment bien! Quand tes parents te demandent de faire le ménage et que tu te contentes de tout glisser sous le lit ou dans les placards, la poussière et les saletés s'accumulent. Ta chambre est un véritable paradis gourmand pour moi! Plus il y a de déchets autour de moi, plus je grossis! Miam, miam!

— Chouette! dit Alexis. Une raison de plus pour ne pas faire le ménage! Tu peux compter sur moi: tu auras toute la nourriture dont tu voudras!

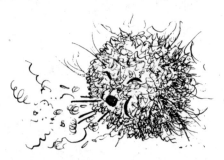

4

Alexis tient parole et ne fait pas le ménage de la semaine. Sa chambre est devenue très encombrée. À nouveau, le sol est couvert d'objets divers et une épaisse couche de poussière se dépose sur les meubles. Sous le lit, le Bobuzard est aux anges. Grâce à Alexis, il a doublé de taille.

Toutefois, de leur côté, Éveline et Jean-François commencent à s'impatienter. La chambre de leur fils ressemble de plus en plus à une poubelle géante. Un beau jour, ils décident de sévir.

— Tant que ta chambre sera dans cet état lamentable, tu ne recevras pas d'argent de poche, grondent-ils Alexis. Ce privilège est réservé aux grands qui sont responsables et qui obéissent à leurs parents. Nous ne mettrons plus les pieds dans ta chambre. Quand tu en auras assez de vivre dans ta propre crasse, tu nous feras signe et nous rediscuterons de ton allocation.

Même s'il est très triste de ne plus recevoir de sous, le garçon ne veut pas recommencer à nettoyer sa chambre. Après tout, s'il le fait, Bobuzard n'aura plus rien à manger et Alexis tient beaucoup à son petit copain pelucheux.

Lorsqu'elle apprend la réaction des parents, la créature a très peur.

— Tu dois me cacher, lui dit le Bobuzard d'un ton impérieux. Les adultes sont méchants, ils ne me comprennent pas. Ils me traitent de saleté et cherchent à me détruire en m'aspirant à travers une machine maléfique qui ramasse tout sur son passage!

Le garçon prend alors bien soin de ne pas parler à ses parents de l'être de poussière qu'il engraisse et cache sous son lit.

Si seulement mon Bobuzard était plus gros, pense Alexis. *Il serait moins vulnérable et je pourrais jouer avec lui. Je dois prendre les grands moyens. Il faut trouver une solution pour fournir à mon ami encore plus de nourriture.* Le garçon commence alors à fouiller la maison à la recherche de charpie, de poils de chien et de tous les rebuts susceptibles de faire grossir le Bobuzard. Au jardin, il trouve de la terre, à la cuisine, des miettes de biscuits et, dans le panier de Saké, une pleine poignée de poils. Dans le filtre du sèche-linge, il tombe sur un vrai trésor : de la mousse de fibres de vêtements ! Après avoir emporté son butin dans sa chambre, il a une idée de génie. *Le grenier!* songe-t-il. *C'est tout crasseux là-haut! Maman et papa n'y vont jamais et n'y font jamais le ménage!* Il grimpe à l'étage comme une flèche et se dirige ensuite vers l'escalier étroit qui mène sous les combles.

En ouvrant la petite porte du grenier, il soulève un énorme nuage poudreux et nauséabond. Une fenêtre ovale laisse timidement entrer les rayons du soleil dans la structure du toit. En suspension dans l'air brillent de minuscules grains de poussière, comme des milliers de petites lucioles. Alexis éternue de nombreuses fois, tousse, puis éternue encore. Des rideaux troués, des coussins fanés, des vêtements tout élimés et un tas d'autres vieilleries défraîchies gisent pêle-mêle sur le parquet de bois malpropre.

Parfait, conclut le garçon en se frottant les yeux et en reniflant, *c'est exactement ce qu'il me faut.*

À côté de lui, il repère une grosse boîte de carton. Il la prend et y rassemble les objets les plus sales qu'il trouve. À l'aide d'un bâton, il va jusqu'à récupérer les toiles d'araignées qui pendent de la charpente. *J'espère que leur propriétaire à huit pattes est partie faire un tour… Brrrr… Je n'aime pas les araignées*, pense Alexis, un frisson de dégoût lui courant le long du dos. Avant de partir, il ramasse sur le bord de la petite fenêtre ovale les cadavres de dizaines de mouches et les place dans sa boîte avec le reste de sa récolte.

Soudainement, un petit couinement retentit dans un coin du grenier. Une souris ! Alexis pose sa boîte et s'accroupit pour découvrir où se cache le petit rongeur. Rien

ne bouge. L'animal a sans doute pris la fuite en voyant venir Alexis. En revanche, sous une vieille chaise en bois tout usée, le garçon déniche une grande quantité de crottes de souris et un vieux bout de fromage tout moisi. *Vraiment, Bobuzard va se régaler!* se réjouit-il. Satisfait de son escapade sous les combles, Alexis referme la porte du grenier et court porter un véritable festin à son ami.

5

Au bout de quelques jours de ce régime, le Bobuzard atteint la taille d'un gros chat. Depuis qu'ils sont presque de la même grosseur, Saké aime encore moins la créature. Il reste tapi dans son coin et l'épie en grognant tout bas.

Alexis, lui, se réjouit de la transformation du Bobuzard : il peut enfin s'amuser avec lui ! En rassemblant tous ses jouets, le garçon crée une ville énorme et utilise les piles de vêtements sales pour former les collines en arrière-plan. Ses petits soldats constituent une armée redoutable ayant pour mission d'anéantir le monstre qui envahit la cité : le terrible Bobuzard ! Ce dernier joue bien son rôle. Au grand plaisir d'Alexis qui éclate de rire chaque fois, il se gonfle autant qu'il le peut et prend un air féroce pour tout démolir sur son passage. Jouer à cache-cache est aussi l'une de leurs activités préférées. Avec le désordre qui règne dans la pièce, les cachettes impossibles à découvrir sont nombreuses. Seul l'ancien compagnon de jeu d'Alexis, le gros chien roux, ne s'amuse pas vraiment. Il reste en retrait et couvre jalousement son maître d'un regard protecteur.

Or, un jour, Saké en a assez de cet imposteur qui le prive de

l'attention de son ami. Alors qu'Alexis soupe au rez-de-chaussée en compagnie de ses parents, le brave animal se lance à la poursuite du Bobuzard en aboyant et en montrant les crocs. Quand le garçon revient dans la pièce, il voit le chien menacer son ami. Alexis se précipite à la rescousse de sa créature.

— NON, SAKÉ! tonne-t-il. Ne fais pas de mal au Bobuzard! Tu es un méchant chien. Il ne t'a rien fait! Comment oses-tu l'attaquer? Sors de ma chambre tout de suite et ne reviens pas.

Saké lance à son maître un regard implorant, mais le garçon ne revient pas sur sa décision. Il continue de fixer froidement son animal en tenant la porte de sa chambre ouverte. Résigné, le chien sort donc tranquillement, la queue entre les pattes et les oreilles basses. Alexis referme la porte derrière lui sans plus de cérémonie.

Une semaine plus tard, le Bobuzard est devenu si gros qu'il est impossible de le cacher où que ce soit. Il a maintenant atteint la taille d'un éléphanteau. Saké, toujours exilé hors de la chambre, est terrorisé par l'immense créature. Il n'ose même plus approcher de la pièce et se terre dans son panier, un étage plus bas. Peu à peu, les jeux qu'Alexis imagine avec son copain poussiéreux se compliquent et perdent de leur charme. La chambre devient trop étroite pour héberger l'imposant Bobuzard. *On ne peut même plus bouger ici! Il est tellement grand qu'il occupe toute la place*, se désole le garçon. Comme il n'est plus possible de cacher la créature sous son lit, Alexis doit rester dans sa chambre de peur que ses parents ne découvrent ce qui s'y trame. Il ne sort que pour le strict nécessaire: manger, utiliser la salle de bains et trouver de la nourriture au Bobuzard. Quand on l'appelle, le garçon pousse la créature dans un coin et la cache partiellement sous son édredon avant de répondre timidement en entrouvrant à peine la porte de sa chambre… Ainsi, un jour, son papa lui rend visite.

— Que fais-tu donc là-dedans, Alexis ? Tu t'enfermes depuis longtemps tout seul dans ta chambre à faire je ne sais quoi. Viens jouer dehors avec moi et respirer un peu d'air pur. Je sais combien tu aimes le hockey ! Allez, viens ! On va faire une partie.

Alexis remercie son papa, mais décline son offre. Il lui répond qu'il est terriblement occupé. Il invente alors des prétextes pour expliquer son refus : un livre dont il doit terminer la lecture, un travail pour l'école…

Jean-François est un peu surpris par le sérieux inhabituel de son fils.

Alexis n'a jamais montré autant d'intérêt pour ses travaux scolaires auparavant. Cependant, le papa a tant espéré que son garçon devienne plus mature et responsable qu'il préfère ne pas insister.

— Tu as raison, mon grand. Les études avant tout! s'exclame-t-il.

Alexis sourit avec exagération à son papa et attend qu'il descende l'escalier pour refermer la porte. Ouf! Il l'a échappé belle. Bien qu'il

soit soulagé, un sentiment de tristesse envahit le garçon. À cause de son Bobuzard, il est confiné dans sa chambre, il s'est brouillé avec son chien et il doit mentir à ses parents… D'un pas lent et sans entrain, il va retirer l'édredon recouvrant Bobuzard, qui rigole seul dans son coin.

— On l'a bien eu! lance la créature en pouffant de rire.

Alexis ne répond pas et s'éloigne en soupirant. *Franchement, je me demande si tout ça en vaut vraiment la peine*, s'interroge-t-il.

6

Après quelques semaines de ces cachotteries, la chambre d'Alexis est méconnaissable. Les détritus l'ont complètement envahie. L'air est saturé de poussière. La nuit, le garçon s'endort avec de la mousse dans les oreilles et ronfle comme un moteur tant il a du mal à respirer. Il s'ennuie de son vieux compagnon poilu, son beau Saké qu'il aime tant.

— Mais tu m'as, moi! répète sans cesse le Bobuzard. Tu n'as besoin de personne d'autre. Allez, viens! On va s'amuser ensemble. Mais avant, mangeons!

Un beau jour, en s'éveillant, Alexis a la surprise de sa vie. Son ami, la petite créature mignonne qu'il a connue, n'existe plus. En effet, le Bobuzard s'est métamorphosé en un monstre colossal qui occupe presque toute la pièce. L'hideuse masse d'immondices domine le garçon de toute sa hauteur et le regarde de ses yeux diaboliques et rougeoyants. Alexis voudrait se sauver, mais l'être ignoble lui bloque le passage.

— Bobuzard! s'écrie le garçon. Comment as-tu pu devenir si grand? Je n'arrive même plus à sortir de ma chambre!

Le monstre éclate d'un rire machiavélique. Il s'adresse à Alexis d'une voix glacée d'outre-tombe :

— Mouhahahahaha! Tu devrais être content, le nargue le méchant Bobuzard, tu voulais me voir grossir. Eh bien maintenant, je suis énorme. C'est toi qui m'as nourri. C'est toi qui as décidé de ne plus faire le ménage. Regarde bien autour de toi. Toute cette saleté, tout ce désordre, c'est ton œuvre! Bientôt je deviendrai si grand que la maison entière sera à moi! Tu n'y pourras rien!

Alexis ne sait plus quoi faire. Il ne peut passer à travers Bobuzard ni le contourner. La bête est bien trop grosse et dense. Affolé, il déglutit sa salive avec peine et se rend compte qu'il est prisonnier du monstre gigantesque et cruel qu'il a créé.

Bientôt, il entend sa maman qui l'appelle et lui dit qu'il est temps de se lever. *Ah non!* pense-t-il. *Si je ne descends pas, maman ou papa viendra assurément voir ce qui se passe. Je risque d'être puni jusqu'à la fin de mes jours s'ils se rendent compte de ce que j'ai fait!*

— Je me lève, maman! lance Alexis. Je m'habille et je descends vous rejoindre!

Vite! Une solution! songe le garçon. *Allez, Alexis. Réfléchis!*

7

Alexis, les mains jointes dans le dos, tourne comme un lion en cage dans le seul petit espace que Bobuzard n'a pas envahi, soit un renfoncement, près de la fenêtre. Il cherche désespérément une solution à son problème de «Bobuzardisme» aigu. Le monstre de crasse fixe l'enfant qui se creuse les méninges.

— Jamais tu ne pourras m'éliminer, gronde-t-il.

Le cœur serré, Alexis contemple les nuages au loin par la fenêtre. Dans la cour, de fortes bourrasques agitent les arbres. Il a peine à respirer dans la pièce pleine de poussière. Comme il voudrait être dehors, dans le vent pur et frais… La tête lourde, le garçon se sent sur le point de s'évanouir. *Respirer… J'ai besoin d'air!* se plaint Alexis. Tout à coup, il a une idée lumineuse.

— De l'air? Oui! J'ai trouvé! s'exclame-t-il.

Le garçon se rue vers la fenêtre et l'ouvre toute grande. L'air vif et piquant de l'automne se met à tourbillonner dans la pièce en aspirant peu à peu le monstre orageux au dehors.

— Alexis! Mais que fais-tu? lance Bobuzard, soudain pétrifié.

Je me décompose! Je suis ton ami, aide-moi!

— Désolé, Bobuzard. Tu n'es pas vraiment mon ami. Tu es même très méchant. Je me suis occupé de toi, je t'ai nourri. Pour m'en remercier, tu m'as fait prisonnier de ma propre chambre.

Pris au piège, le Bobuzard rapetisse à vue d'œil alors que les détritus, les poils de chien, les

cheveux et les miettes de son corps volent vers l'extérieur. En très peu de temps, le monstre a retrouvé la taille d'une pomme et il file se cacher sous le lit. *Victoire! La voie est libre*, jubile en lui-même le garçon.

Au même moment, un faible grattement contre la porte se fait entendre. Un aboiement court et plaintif retentit de l'autre côté.

— Saké! se réjouit Alexis. Mon chien fidèle ne m'a pas oublié!

Le garçon se précipite pour ouvrir la porte à son ami. Saké saute au cou de son maître et lui montre son affection en lui donnant de grands coups de langue. Alexis se met à rire de bon cœur.

— Arrête, Saké! Tu me chatouilles, dit le garçon entre deux fous rires. Me pardonnes-tu, mon chien? Je n'aurais pas dû me fâcher.

Tu es un vrai copain, toi. Veux-tu m'aider à me débarrasser de ce qui reste du Bobuzard?

Le gros chien roux émet un jappement jovial pour signifier son accord. Flairant sa proie, Saké glisse sous le lit en grognant et menace la créature de ses crocs tranchants. Il monte la garde. Bobuzard ne peut plus s'enfuir. Alexis court alors vers le placard à balais dans le couloir. Il revient un instant plus tard, armé de l'aspirateur. Il se faufile sous le matelas, près de son chien. Deux petits yeux suppliants brillent dans le noir. Cette fois, Alexis ne se laisse pas attendrir.

— Adieu, Bobuzard, déclare le garçon d'un ton sans réplique en brandissant le tuyau de l'aspirateur dans la direction de la bête. Je crois bien qu'on ne se reverra plus. J'ai la ferme intention de nettoyer ma chambre. Pas question de créer un autre monstre! Désormais, ma chambre sera toujours propre et bien rangée et puis j'aurai de nouveau des sous à mettre dans ma tirelire!

Ceci dit, sans aucun remords, Alexis aspire la créature traîtresse dans le boyau.

— Voilà une bonne chose de faite! s'exclame-t-il. Maintenant, je dois m'attaquer au ménage!

Saké agite allègrement la queue en guise d'approbation. Le garçon

se précipite une fois de plus dans le couloir. Ayant rapporté des chiffons, un seau rempli d'eau et un plumeau, il se met à nettoyer minutieusement toute la pièce. Il frotte dans tous les coins, il astique ses jouets et les range à leur place. Il passe ensuite l'aspirateur sous le lit et partout dans sa chambre. Quand tout est fini, il observe avec fierté la pièce reluisante de propreté.

Alexis entend ses parents s'affairer à l'étage du dessous. Il se dépêche donc de ranger les produits de nettoyage et descend au rez-de-chaussée avec Saké qui le suit de près. Les rayons mielleux du soleil inondent la cuisine de lumière. Le papa termine ses œufs et ses rôties, la maman lit le journal, une tasse de café à la main. Alexis leur adresse un sourire radieux.

— Est-ce bien l'aspirateur que j'ai entendu à l'instant, Alexis ? l'interroge Éveline en levant des yeux étonnés vers son fils.

— Oui, maman, l'assure Alexis. Je te promets que tu l'entendras souvent désormais !

— Magnifique ! dit Éveline, ravie.

— Ça mérite une récompense ! Que dirais-tu d'une partie de hockey ? propose Jean-François en déposant sa fourchette.

— Et comment ! s'enthousiasme Alexis. Viens, mon chien ! Allons dehors respirer enfin un peu d'air frais !

Alexis file chercher son bâton de hockey et s'élance vers le jardin rejoindre son papa, son gros chien roux sur les talons.

TABLE DES CHAPITRES

Judith Trudel

Judith Trudel est originaire de Shawinigan-Sud, en Mauricie. Elle possède un baccalauréat en études littéraires avec une concentration en rédaction professionnelle décerné par l'Université Laval. C'est pour l'anniversaire de son filleul, Alexis, qu'elle a décidé d'écrire son premier roman, *Alexis et le Bobuzard*.

SÉSAME

Collection Sésame